POÉSIES FUGITIVES

HOMMAGE

A

M. BÉNISTANT

Chef d'Institution, Bachelier es-sciences et es-lettres,

ET

A SES ÉLÈVES

Par M. Oscar ARGENTIÉ, Professeur,

SÈVRES

Chez PERCHERON, Imprimeur-Lithographe.

1860.

LA GOUTTE D'EAU

FABLE.

Une goutte brillante
Tomba du haut des airs,
Et dans l'onde écumante
Disparut aussitôt mélée aux flots divers.
« Que suis-je, moi ? pauvre petite goutte !
     « Dans ce vaste Océan.
« Pourquoi donc me chasser de la céleste voûte
      « En ce gouffre béant ?
      « Au sein d'un beau nuage
      « J'avais ma place ! — Hélas !
      « Ici je ne vaux pas
« Le moindre grain de sable errant sur le rivage. »
     Ainsi pleurait la goutte d'eau.
      Sa voix douce et plaintive
      Monta jusqu'au Très-Haut :
    « Viens à moi, ne sois pas craintive,
    « Tu seras perle et cette fois
      « Ta beauté, ta richesse
Brillera sur le front des rois.
L'humilité devient noblesse.

A L'ENFANT JÉSUS

Dors, mon doux Jésus, dors sur le sein de ta mère,
Souverain Créateur de la terre et des cieux !
Bercé bien doucement, enfant clos ta paupière,
Sur son cœur maternel mets ton front gracieux.

Dors, mon doux Jésus, dors ! pendant qu'avec Marie,
Sur ton visage pur je contemple un moment
L'auréole du Dieu qui rentre dans la vie
Pour sauver les humains, par un cruel tourment.

Dors, mon doux Jésus, dors ! car bientôt la souffrance
Va, par de longs chemins, te conduire à la mort ;
Attaché sur la croix, nous donnant l'espérance,
Tu nous diras : Venez ! je vous ouvre le port.

Dors, mon doux Jésus, dors ! car ces petits pieds roses
Et ces bras délicats seront percés pour moi ;
Et du sang de ton cœur il faut que tu m'arroses
Pour effacer mon crime et me donner ta foi.

Dors, mon doux Jésus, dors ! la couronne d'épine,
Qui te ceindra le front, fléchira l'Eternel !....
Le baiser de Judas, sur ta face divine,
Nous rendra notre Dieu, nous ouvrira le ciel !

Dors, mon doux Jésus, dors sur le sein de ta mère,
Souverain Créateur de la terre et des cieux !
Bercé bien doucement, enfant clos ta paupière,
Sur son cœur maternel mets ton front gracieux.

A MA MÈRE

Quand je quittai Paris, ce séjour enchanteur,
Je m'éloignai de toi, ma bonne et tendre mère,
Bon ange ! et pour ton fils, seul appui sur la terre,
Ton nom éclaire encor les replis de mon cœur !

Oh ! que j'aimais à voir ton gracieux sourire !
Toi, qui dans la vertu guidas mes premiers pas,
Tu mêleras ton fils quelquefois, n'est-ce pas ?
A ces pensers si doux que ton bon cœur soupire.

Ma mère, loin de toi, pour moi plus de bonheur ;
Je voudrais être heureux, hélas ! c'est impossible !
L'ennui, qui me torture, est un monstre invincible
Qui s'attache à mes pas et me ronge le cœur.

Ma mère, pour ton fils, implore l'Éternel ;
Pas à pas dans mon cœur fais rentrer l'espérance :
Et j'attendrai ce jour, que j'entrevois d'avance,
Égal au beau soleil qui brille dans le ciel !

Oh ! vous, mes chers amis, qui marchez dans la vie
Sans peut-être songer aux maux de l'avenir :
Emportez avec vous au moins le souvenir
De celle qui vous pleure... Une mère chérie.

LE PAUVRE ET LE GLAÇON

FABLE.

Un pauvre diable, au clair de lune,
Gagnant son toit pendant la nuit,
Voit sur le sol un glaçon qui reluit,
Joyeux, il croit avoir rencontré la fortune,
Ce glaçon lui paraît le plus beau diamant :
   « Adieu malheur ! adieu tourment !
« Assez longtemps j'ai connu la misère,
   « A moi la joie et les plaisirs !
   « Avec ce diamant, j'espère,
   « Je puis combler tous mes désirs. »
Il ouvre aussitôt sa besace,
Dans un coin bien serré le place,
Tant il craint, dans sa frayeur,
L'œil indiscret d'un malfaiteur.
Le jour venu, douleur amère !
   Le diamant a disparu ;
Il ne lui reste rien de sa folle chimère,
   Le glaçon est fondu.

Pauvres fous que nous sommes !
Pourquoi compter sur nos amis?
Si le malheur advient ils sont anéantis :
La promesse des hommes,
Quand on en a besoin, se fond
Plus vite qu'un glaçon.

Nota. — *Une dame m'ayant donné des bouts-rimés, j'en ai composé cette petite fable.*

LE LION, LE TIGRE ET LE CHEVREUIL

FABLE.

IMPROMPTU.

Un jour, un Lion de haut parage,
Dressé depuis longtemps à l'amour des combats,
Lion plein d'ardeur et de courage
Et d'adresse ne manquant pas,
Résolut, se fiant à sa force,
De subjuguer le monde entier.
Déjà, dans sa tanière il force
Le léopard, tout le premier,
A lui payer un gage
Pour habiter les bois,
Et va mettre aux abois
Jusqu'aux habitants du bocage.
Le tigre et la panthère et le cerf et les loups,
Tout se soumet à sa puissance ;
Rien ne peut résister à ses funestes coups ;
Tout est plongé dans la souffrance
Notre terrible Lion
Ecoutait, en silence,
La moindre allocution,
Sûr d'en tirer vengeance.
Or, un jour, il arriva
Qu'étant caché dans la fougère,
Il entendit, non loin de là,
Des légers pas sur la bruyère :

C'étaient le Tigre et le Chevreuil.
Depuis longtemps dans leurs tanières,
Le Lion avait porté le deuil.
Il n'épargnait pas les chaumières,
Ni les bergers, ni les hameaux,
Tout succombait sous ses griffes guerrières
Même les chiens et leurs troupeaux.
« Aussi, disait le Tigre en rage,
« Si l'on mettait sa tête à prix !
« L'effroi, peut-être arrêtant ce carnage,
« Ferait cesser nos malheurs et nos cris.
« Qui sait? de plus! si l'on pouvait le prendre,
« Au milieu des tourments on le ferait mourir.
« Ou bien au plus grand arbre il nous faudrait le pendre,
« Pour nous venger des maux qu'il nous a fait souffrir. »
« Il est un moyen plus facile
« D'apaiser son courroux :
« Je crois, » dit le Chevreuil, « qu'il serait difficile,
« Si, me jetant à ses genoux,
« J'implorais sa haute clémence
« Pour qu'il nous rende l'espérance,
« En nous donnant la liberté
« De vivre avec sécurité. »
Et le Lion à ces mots apparaît en vainqueur.
S'adressant au Chevreuil : « Oui, tu seras mon frère,
« Pour récompenser ta douceur
« Je ne te ferai plus la guerre. »
Mais quant au Tigre, il lui fit voir
Que s'il reste un peu d'espérance,
Au moins il aurait dû savoir :
Que l'on n'a rien par violence.

SAINT-CHRISTOPHE
LÉGENDE.

Du temps que les rocs et les bois,
A nos aïeux servaient d'asile :
Existait un géant le plus grand des Gaulois,
Et brave autant qu'habile ;
Offérus au combat était des plus adroits.
Nul n'aurait pu brandir sa pesante framée,
Et partout chez les Francs déjà la Renommée
Proclamait ses exploits.
A cette époque où la vaillance
Etait un titre de grandeur,
Un vert rameau de chêne était la récompense
Et la couronne du vainqueur.
Offérus aurait pu prétendre
D'être le chef des premiers Francs,
Lui, qui toujours pour les défendre
Trouvait sa place aux premiers rangs.
« Mais, disait-il, une couronne
« Serait pour moi pesant fardeau,
« Et tout ce que j'ambitionne
« C'est à ces fiers Romains d'enlever un drapeau.
« Trop ignorant dans cette chose,
« Que vous nommez, je crois, régner :
« Aux conseils des vieillards voulez-vous que j'oppose
« Quelques mauvais avis, plutôt me résigner
« A servir de mon bras le plus grand roi du monde,
« Ou celui qui jamais n'aura connu la peur. »

Là-dessus le géant va commencer sa ronde
Et rencontre un barbare, un maître ferrailleur,

Dont la fougue intraitable
D'un courage indomptable,
A souvent fait rompre les rangs
Aux ennemis des Francs.
« Je suis à toi, tu parais brave, »
« Lui dit le géant Offérus,
Si tu ne connais pas d'entrave
« Tu peux dès aujourd'hui compter un bras de plus. »
Admirant une telle audace,
Un bruit sonore, une rumeur
Se fait entendre dans l'espace,
Couvert des soldats du vainqueur ;
Cette acclamation soudaine
A retenti dans l'air au son du bouclier,
« Qu'il soit des nôtres, ce guerrier !
« Qu'après toi, notre chef, ce soit lui qui nous mène
« A travers les périls, à travers les combats ! »
Et le chef accepta, mais ayant la prudence
Avant de le compter au nombre des soldats,
De lui faire jurer entière obéissance.

A quelque temps de là, se promenant tous deux,
Le lendemain d'une bataille :
Un fantôme apparut environné de feux,
Il leur sembla de grande taille,
Et plus il approchait,
Plus son œil ardent flamboyait ;
Soudain sa voix résonne
Comme l'airain qui sonne
Au milieu des guerriers :
« Approchez, meurtriers ;
« A l'instant même il faut me suivre
« Ou bien cesser de vivre. »
— « Ami ! peux-tu me secourir ? »

Dit à mi-voix le chef et d'un ton lamentable,
« Cette ombre que je vois n'est autre que le diable,
     « Ah ! c'en est fait, il faut mourir ! »
     — « Je vous croyais plus de courage,
     « Vous avez peur, dit Offérus,
     « Je ne puis rester davantage,
     « Non ! je ne vous servirai plus.
          « Et toi, » dit-il au diable,
     « Dis-moi ce qui peut t'effrayer. »
« Satan n'a peur de rien. — Entends-tu, misérable ?
     « Et le ciel en courroux ne peut le foudroyer. »
« Fort bien ! » dit Offérus, « prends-moi donc dans ta troupe
     « Tu n'auras jamais eu plus vaillant serviteur. »
Le diable répondit : « va-t-en joindre ce groupe,
     « Et de ce fier troupeau deviens le conducteur. »

Or, ils vinrent un jour au pied d'une colline
Qu'un vieillard vénérable avait peine à gravir.
     « Cet homme, » dit Satan, « ne suit pas ma doctrine,
     « Il faut donc qu'il m'adore ou bien il va mourir. »
          « Courbe ton front dans la poussière,
     « Cria-t-il au vieillard, allons ! adore-moi
     « Si tu veux achever ta paisible carrière,
          « Il faut renoncer à ta foi. »
          Alors le vieillard tout en larmes,
          Tremblant, fait un signe de croix ;
          Le diable hurle et dit : Aux armes !
          Du Dieu puissant j'entends la voix !
          — « Quel est le pouvoir de cet homme,
          « Qui met en fuite Lucifer ? »
          Dit Offérus, « il faut qu'il nomme
          « Ce Dieu qui peut dompter l'enfer »
               — « C'est, » répondit l'ermite,
     « Le fils de Dieu, le Christ, invoqué par ces mots

« Qui seul a mis en fuite,
        « Le diable et ses suppôts. »
— « Indiquez-moi donc sa retraite,
« Car désormais tout mon désir
« Est de voir celui qui vous traite
« Avec tant de bonté, je voudrais le servir. »

« Dieu, répondit l'ermite, habite un autre monde,
« Mais son œil qui voit tout, sa sagesse profonde
        « S'étend sur la terre en tous lieux,
« Et sans abandonner l'immensité des cieux.
        « Mais puisque vous voulez prétendre
        « Aux récompenses des élus,
        « Dès aujourd'hui tâchez de prendre
        Le droit sentier, brave Offérus.
« Les jeûnes et les vœux, la prière et l'aumône,
        « Voilà ce qu'il faut au Seigneur,
« Et pour l'éternité vous trouverez un trône
« Qu'il daigne réserver à tout bon serviteur.
« Vous qui méconnaissez toute crainte servile,
« N'offensez pas celui que vous devez aimer.
« Le Christ, notre Sauveur, ne peut-il vous charmer ?
« Et ce qu'il nous ordonne est-il bien difficile ?
« Les conseils de Satan sont donnés par l'erreur,
« Et si ce Dieu voulait pour le réduire en poudre,
« Un mot de sa colère, un éclair de sa foudre,
        Le glacerait d'horreur. »

Offérus, attentif, écoutait d'un air sombre,
Et son passé fuyait, fuyait dans le néant !
De sa gloire détruite, il voyait filer l'ombre,
Sous la main du vieillard se courbait le géant.
« O Christ ! s'écria-t-il, quelle est donc ta puissance,
        « Pour me briser ainsi le cœur ?

« Oui, j'ignorais ton existence,
« Mais je serai ton serviteur.
« Que faut-il que je fasse aujourd'hui pour lui plaire?
« Je ne saurais jeûner, mais je puis le prier ;
« Je puis encor, écoutez, ô mon père !
« Braver tous les dangers et me sacrifier
« Pour le bonheur de mes semblables. »
« Très bien, dit le vieillard, nous avons un torrent
« Dont les flots sont infranchissables ;
« Tu pourrais bien en transportant,
« De l'une jusqu'à l'autre rive,
« Les passants qui viennent au bord,
« Faire que chacun d'eux survive
« Et les préserver de la mort. »
Offérus accepta cette pénible tâche.
Il se mit à l'ouvrage et la nuit et le jour ;
On le voyait gaîment et sans relâche
Passer les voyageurs sur son dos, tour à tour.

Or un jour, que selon l'usage,
Il attendait assidûment,
Un enfant, demandant passage,
Monte sur lui résolument :
Le géant dans les flots s'élance,
Riant d'un fardeau si léger,
N'ayant aucune méfiance,
Ne prévoyant aucun danger ;
Mais soudain le ciel devient sombre
Et le torrent mugit ;
C'est un orage qui dans l'ombre,
Comme un lion gronde et rugit,
Il s'avance et remplit l'espace :
Un Dieu ! la foudre dans les mains,
Semblait faire éclater sa terrible menace

Sur le front des pâles humains.
A chaque instant les flots augmentent,
Offérus ne peut avancer ;
Ses forces le démentent
Il ne peut traverser,
Et le poids qui l'oppresse
Semble s'appesantir ;
C'est en vain qu'il se presse,
Il sent qu'il va mourir.
Enfin, pour échapper au courant qui l'entraîne,
Ranimant sa vigueur, il déracine un chêne
Pour se faire un soutien.
Et l'enfant souriant lui disait : « Tiens-moi bien ! »
Harassé de fatigue, entraîné par les ondes,
Il allait disparaître et rencontrer la mort ;
Mais soudain, sur les eaux profondes,
L'enfant se dresse sans effort.
« — Qui donc es-tu pour rire de l'orage ?
« Tu pèses plus sur moi que la voûte des cieux, »
Dit Offérus. — « Le Christ admire ton courage, »
Reprit l'enfant ; « Poursuis, vis et meurs glorieux. »
Offérus sut bénir cette main secourable ;
Et digne du fardeau qu'il venait de porter,
Pour graver dans les cœurs cet acte mémorable,
A son nom d'Offérus il voulut ajouter
Celui de Christophore (1).
Pour vous, mes chers enfants, si vous voulez le ciel,
Priez donc ce grand saint, qu'aujourd'hui l'on implore,
De porter vos cœurs purs auprès de l'Éternel.

(1) Christophore, c'est-à-dire qui porte le Christ.

TYP. A. APPERT, PASS. DU CAIRE, 56.